AF460647

VENTE

HOTEL DROUOT, SALLE N° 11

Le Mercredi 24

et Jeudi 25 Février 1904

OBJETS D'ART

ET

d'Ameublement

DE L'ÉPOQUE DU 1er EMPIRE

ET DE

Style du XVIIIe Siècle

TABLEAUX

Me F. LAIR-DUBREUIL
Commissaire-Priseur
6, Rue de Hanovre, 6

M. Arthur BLOCHE
Expert près la Cour d'Appel
51, Rue Saint-Georges, 51

PARIS. — IMPRIMERIE C. CHAUFOUR
8-10, Rue Milton, 8-10

CATALOGUE

DES

OBJETS D'ART

ET

D'AMEUBLEMENT

de l'Époque du 1er Empire

Curieux Piano à caisse verticale — Dessertes — Guéridons
Meubles d'entredeux
Lit de repos — Méridienne — Sièges divers

MEUBLES DE STYLE XVIIIe SIÈCLE

Salons Louis XIII et Louis XIV — Pianos — Table à jeux
Armoire normande
Bureau — Porte-Manteaux — Ecran — Paravents

BRONZES, SCULPTURES, PORCELAINES

Lustres — Pendules — Appliques — Groupes — Statuettes
Potiches — Plats — Brûle-parfums — Coupes
Surtout de Table

TABLEAUX ANCIENS & MODERNES

Aquarelles — Dessins — Gravures — Miniatures

TAPISSERIE DES FLANDRES

Tentures — Tapis d'Orient — Soieries

DONT LA VENTE AURA LIEU

HOTEL DROUOT, SALLE N° 11

Les Mercredi 24 et Jeudi 25 Février 1904

A 2 HEURES 1/4

Me F. LAIR-DUBREUIL	**M. Arthur BLOCHE**
COMMISSAIRE-PRISEUR	EXPERT PRÈS LA COUR D'APPEL
6, Rue de Hanovre, 6	*51, Rue Saint-Georges, 51*

chez lesquels se trouve le présent catalogue

EXPOSITION PUBLIQUE

Le Mardi 23 Février 1904, de 2 heures à 6 heures.

CONDITIONS DE LA VENTE

La vente sera faite expressément au comptant.

Les acquéreurs paieront dix pour cent en sus des enchères.

L'exposition permettant au public de se rendre compte de la nature et de l'état des objets, il ne sera admis aucune réclamation une fois l'adjudication prononcée.

Imp. C. Chaufour, 8-10, rue Milton, Paris

DÉSIGNATION

MEUBLES

1 — Guéridon en bois d'acajou moucheté enguirlandé de fleurs et de feuillages en bronze ciselé et doré, dessus en marbre. Epoque Ier Empire.

2 — Petite table-bureau de dame en bois d'acajou moucheté garni de bronzes ciselés et dorés. Epoque Ier Empire.

3 — Petite table rectangulaire avec tiroir sur le côté en bois d'acajou, ornée d'appliques en griffonds en bronze doré. Epoque Ier Empire.

4 — Table à jeu en bois d'acajou orné d'appliques à trophées et têtes de cerfs enguirlandés en bronze doré. Epoque Ier Empire.

5 — Meuble d'entre-deux, forme demi-lune, ouvrant à une porte en bois d'acajou, montants à cariatides de sphinx, avec figure de Renommée lyres, têtes de méduses et ornements en bronze doré, dessus en marbre bleu turquin. Epoque Ier Empire.

6 — Curieux piano à caisse verticale en bois d'acajou, orné de bronzes dorés, montants à cariatides de femmes sur gaînes, à cinq pédales, le fond garni de satin jaune d'or broché, à lyres dorées. Epoque Ier Empire.

7 — Guéridon desserte, forme trépied en bois verdi et d'acajou, orné d'une couronne en bronze doré, dessus en marbre vert. Epoque Ier Empire.

8 — Méridienne en bois d'acajou sculpté à figures de sphinx, ornée d'appliques en bronze doré. couverte en lampas vert, broché gris clair. Epoque Ier Empire.

9 — Lit de repos en bois d'acajou avec appliques à animaux et couronnes en bronze doré, couvert en satin groseille, broché de jaune accompagné d'un coussin de même étoffe. Epoque Ier Empire.

10 — Marquise en bois d'acajou avec supports de bras forme sphinx debout en bois sculpté et doré, ornée de bronzes, couverte en lampas rouge broché jaune. Epoque Ier Empire.

11 — Fauteuil de forme originale, bras balustrade en bois d'acajou orné de bronzes dorés, dessus en lampas rouge, broché jaune. Epoque Ier Empire.

12 — Siège forme curule en bois d'acajou avec appliques et rosaces en bronze doré, couvert en étoffe verte brochée jaune. Epoque Ire Empire.

13 — Fauteuil à dossier carré en bois d'acajou, supports des bras forme dauphins, dorés, orné de bronzes couvert en lampas vert clair broché gris argent. Epoque Ier Empire.

14 à 21 — Sept chaises de formes variées en bois d'acajou, ornées de bronze doré, couvertes en lampas broché de différentes nuances. Époque Ier Empire.

22 — Siège forme X en bois laqué gris, bras à têtes de béliers, pieds à griffes de lion, couvert en lampas rose broché ton sur ton.

23 — Siège de piano en bois d'acajou orné de bronzes dorés, couvert en lampas jaune. Epoque Ier Empire.

24 — Chevalet orné de bronzes dorés bois à acajou. Epoque Ier Empire.

25 — Grand piano à queue en bois de palissandre, incrusté de filets de cuivre, d'Erard.

26 — Petite toilette duchesse de poupée, en bois d'acajou, ornée de bronzes dorés. Epoque Ier Empire.

27 — Vide-poche forme corbeille en bois d'acajou. Epoque Ier Empire.

28 — Console d'applique en bois d'acajou avec figures et ornements en bronze doré. Epoque Ier Empire.

29 — Casier à musique en bois d'acajou. Epoque Ier Empire.

30 — Pupitre à musique en bois d'acajou. Ier Empire.

31 — Beau meuble de style Louis XIV, en bois sculpté, et doré, dossiers à coquilles, au milieu de guirlandes de fleurs, recouvert en velours dit de Gênes fond gris perles, à parterres de fleurs, composé d'un canapé, deux fauteuils et deux chaises, de la maison Cuel.

32 — Deux chaises légères de style Louis XIV, en bois sculpté et doré, recouvertes en soie capitonnée, fond vieux rose brochée à fleurs de la Maison Cuel.

33 — Fauteuil X en noyer sculpté, bras à têtes de lions, pieds à griffes avec coussin en soie fond rose brochée à fleurs et feuillages de la maison Cuel.

34 — Gaine en peluche rouge.

35 — Table à jeu. Style Louis XVI, en bois noir, orné de bronzes dorés, bandeau en marquete-

rie de bois à fleurs, en velours vert,

36 — Armoire normande, en chêne sculpté, à gerbes de fleurs, rinceaux et volutes feuillages et fleuries rais de cœur et rubans enroulés ferrures en cuivre découpé.

37 — Deux chaises à hauts dossiers recouvertes de cuir frappé, et cloutées de cuivre.

38 — Table à jeu en marqueterie de bois, à fleurs et rinceaux et ornée d'incrustations d'ivoire.

39 — Liseuse en bois peint et rehaussé de dorure.

40 — Piano droit en palissandre.

41 — Meuble de cabinet de travail en bois sculpté. Epoque Louis XIII, recouvert de drap bleu composé d'un canapé et quatre fauteuils.

42 — Meuble de Salon, style Louis XIV, en bois sculpté, recouvert en velours rouge antique, composé d'un canapé, trois fauteuils et trois chaises.

43 — Divan lit recouvert en étoffe de fantaisie vieux rose.

44 — Fauteuils 1er empire en acajou et parties dorées recouvert en soie brochée fond rouge.

45 — Deux fauteuils 1er Empire, en acajou garnis de bronzes dorés couverts en velours frappé vert clair.

46 — Bergère 1er Empire en acajou recouvert en velours frappé vert clair, avec coussin en plumes.

47 — Magnifique lit de style Louis XIV, en bois sculpté et doré, canné et doré.

48 — Secrétaire Louis XVI, en acajou.

49 — Petit bureau Louis XV, à dos d'âne marqueté.

50 — Petite étagère en noyer.

51 — Petit écran à tablette en soierie et peluche.

52 — Deux banquettes style Louis XVI, bois sculpté et peint blanc.

53 — Chaise légère en bois doré et velours de Gênes.

54 — Chaise bois noir et or couverte en damas rouge.

55 — Chauffeuse style Louis XV, en noyer et or, couverte en Aubusson.

56 — Chaise style Renaissance en poirier naturel sculpté, velours vert.

57 — Colonne gaînée en peluche.

58 — Sept cadres en chêne pour gravures.

59 — Beau fauteuil style Louis XIV, bois sculpté et soie brochée.

60 — Chaise de malade, en acajou et cuir vert.

61 — Bergères style Louis XVI, bois peint blanc et soierie.

62 — Deux bergères Louis XVI, bois doré et Lampas vieux rose.

63 — Pouff carré en soierie de fantaisie.

64 — Pouff à coussins contrariés en soierie chinoise.

65 — Bureau à quatre faces en bois de placage à moulures et ornements en bronze ciselé, dessus en basane. Style Louis XV.

66 — Grand porte-manteaux et parapluies en bois sculpté garni de patères en fer et orné de panneaux anciens sculptés.

67 — Ecran en acajou parties dorées fronton à médaillon feuille en soie brochée. Style Louis XVI.

68 — Siège de traîneau en bois laqué vert à décor de fleurs, XVIIIe siècle.

69 — Paravent à trois feuilles en soie rayée monture en bois laqué vert d'eau, le haut à glaces biseautées.

70 — Paire de gaînes forme trépieds en bois sculpté et doré à colonne centrale.

71 — Malle ancienne en cuir cloutée de cuivre.

72 — Paravent en bois laqué blanc à trois feuilles gainées de soie verte, la partie supérieure à glaces. Style Louis XVI.

73 — Chaise de salon en bois sculpté et doré. Style Louis XVI garnie en soie rose.

OBJETS D'ART

74 — Paire de potiches avec couvercles en porcelaine de Saxe, décorés de scènes champêtres, dans le goût de Watteau, et de bouquets de fleurs sur un fond bleu turquoise.

75 — Statuette en bronze : Baigneuse.

76 — Grande cassolette en émail cloisonné de Chine, fond bleu turquoise dessin à fleurs, posant sur trois pieds.

77 — Groupe en porcelaine de Saxe : Les Confidences de l'amour.

78 — Brûle-parfums en bronze du Japon formé par un éléphant portant un palanquin surmonté d'une chimère.

79 — Deux statuettes en porcelaine de Saxe : Diane et Junon.

80 — Deux petites statuettes en porcelaine de Saxe : le Jardinier et la jardinière.

81 — Deux grandes statuettes en porcelaine de Saxe : la Bouquetière et le galant amoureux.

83 — Deux statuettes en porcelaine de Saxe : les Musiciens chinois.

83 — Deux statuettes en porcelaine de Saxe : Berger et bergère.

84 — Deux statuettes en porcelaine de Saxe : la Luxure et l'Envie.

85 — Groupe en porcelaine d'Allemagne : la Déclaration.

86 — Deux statuettes en porcelaine de Saxe : Chasseur et Chasseresse.

87 — Tasse et soucoupe en porcelaine de Chine, coquille d'œuf décorées de personnages animaux et cachets.

88 — Coupe à bonbons avec couvercle et plateau en porcelaine d'Allemagne, décor à fleurs et écussons, et rehaussée d'or.

89 — Lustre en cuivre poli à six lumières.

90 — Glace médaillon cadre en porcelaine de Saxe. à bouquets de fleurs en relief et offrant dans le haut deux figurines d'amours accostant un médaillon.

91 — Paire d'appliques de style Louis XV en bronze ciselé et doré, modèle à rocailles fleuronnées.

92 — Lampe colonne en cuivre doré tige à torsades.

93 — Deux statuettes de baigneuses sur socles.

94 — Paire de vases en porcelaine de Chine, décor à scènes guerrières en émaux de couleur sur fond craquelé.

95 — Statuette en terre cuite : La Vendangeuse.

96 — Deux groupes en terre cuite : Chanteurs des rues.

97 — Paire de vases en porcelaine de Chine à panses applaties décorés de personnages et fleurs en émaux de couleur.

98 — Vase de style Louis XVI en bronze ciselé, panse à têtes de béliers reliés à des branches de vignes.

99 — Paire de potiches avec couvercles en porcelaine de Chine fond bleu sur blanc, dessin à dragon enroulé au milieu de nuages.

100 — Surtout de table composé de trois pièces en bronze argenté orné de groupes d'enfants.

101 — Buste en bronze : l'Impératrice Joséphine, Ier Empire.

102 — Deux lampes électriques formées de statuettes de femme sculptées et dorées par partie. Epoque Ier Empire.

103 — Bas-relief en bronze représentant : l'Impératrice Marie-Louise par Caque, sur socle en marbre jaune Sienne.

104 — Deux bustes en terre cuite : Le prince Eugène et le roi Murat Signés CHINARD.

105 — Bas relief rond, profil du prince Eugène. Signé CHINARD à Lyon, cadre en bois doré.

106 — Devant de feu en bronze poli avec sphinx couchés patine foncée. Epoque Ier Empire.

107 — Pelle, pincettes et petite pelle en bronze, parties dorées. Epoque Ier Empire.

108 — Statuette équestre Napoléon Ier. Bronze sur socle en marbre rouge antique et vert de mer garnie de bronzes dorés. Epoque Ier Empire.

109 — Buste de Mars, dieu de la guerre en bronze patine foncée et parties dorées sur socle en marbre blanc à quatre faces avec tête de Méduse en bronze doré. Epoque Ier Empire.

110 — Statuette de Napoléon Ier debout, bronze à patine claire sur socle carré Empire.

111 — Groupe équestre de Napoléon Ier, bronze à patine claire, socle en marbre noir.

112 — Deux chenêts en bronze patinée foncée et dorée, représentant des sphinx couchés sur terrassements.

113 — Groupe en biscuit de Sèvres le couronnement d'une religieuse. Epoque Ier Empire.

114 — Miroir à main cadre en bronze ciselé doré et ajouré, manche en cristal.

115 — Coupe en forme de bateau en cristal de roche. Epoque du Ier Empire.

116 — Soucoupe octogonale en porcelaine d'Allemagne offrant au centre un paysage en camaïeu rose. Epoque Ier Empire.

117 — Assiette en porcelaine blanche de Sèvres bordure dorée avec l'aigle couronné au centre. Epoque Ier Empire.

118 — Jardinière en tôle peinte fond rouge dessin doré. Epoque Ier Empire.

119 — Vase en porcelaine de Paris, décor à sujet mythologique fond d'or. Epoque Ier Empire.

120 — Cache pot en Wedgwood.

121 — Deux flambeaux en bronze ciselé et doré à cannelure, et feuilles d'achante. Epoque Ier Empire (préparés pour l'électricité).

122 — Deux porte-embrasses en bronze, parties dorées formées par des figurines de Renommées tenant des couronnes. Epoque Ier Empire.

123 — Quatre porte-embrasses en bronze doré en formé d'écusson, surmonté d'un aigle, avec chiffre N au centre (provenant du Château de la Malmaison).

124 — Lustre en bronze doré à dix lumières préparé pour l'électricité, orné de perles en cristal faceté. Epoque Ier Empire.

125 — Deux soufflets en bois, peints à figures de femme. Epoque Ier Empire.

126 — Statuette équestre de Napoléon Ier en bois sculpté, œuvre de Camille LAJOUS.

127 — Petite statuette en bronze doré, représentant un amour en costume de lancier polonais, socle en marbre vert de mer, époque du Ier Empire.

128 — Paire de flambeaux en cuivre ciselé et gravé. Epoque Louis XIV.

129 — Applique électrique forme branchage en bronze doré, disposée pour l'électricité.

130 — Buste en bronze : Minerve, de CERIBÉLLI.

131 — Paire de chenêts Louis XV en bronze doré.

132 — Paire de bras d'applique Louis XVI en bronze.

133 — Groupe en bronze.

134 — Paire de candélabres en bronze.

135 — Paire de vases en ancien émail cloisonné de Chine, montés en bronze doré, supportant des bouquets à cinq lumières dont trois disposées pour l'électricité.

136 — Flambeau électrique en bronze et bronze doré formé par une jeune femme figurant la Fortune et portant une lumière.

137 — Petit renard en bronze, par LAPLANCHE.

138 — Petit buste de singe en bronze coiffé d'un bonnet de Folie.

139 — Statuette en bronze : l'Amour vainqueur, socle en marbre rouge.

140 — Statuette en bronze : l'Amour à la toupie, par DROUOT, socle en marbre rouge.

141 — Jardinière en bronze argenté. Style Louis XV.

142 — Buste de jeune fille en bronze, par KINSBURGER

143 — Paire de flambeaux en bronze ciselé, commencement du XIXe siècle.

144 — Pendule en marbre noir à cadran architectural orné de bronzes, posé sur un entablement formant crédence à cariatides et frises en bronze doré. Epoque du Directoire.

145 — Pendule en bronze doré, cadran entouré de fleurs, placé entre une figure de jeune femme allégorique à la Vigne et une colonne supportant une buire.

146 — Pendule en bronze doré, ornée d'appliques ciselées offrant des corbeilles de fleurs, des cornes d'abondance et des feuillages.

147 — Paire de candélabres trépieds en bronze et bronze doré à cinq lumières entourant une figure d'amour musicien.

148 — Paire de grands vases ovoïdes en porcelaine gros bleu et or, médaillons à figures allégoriques, anses à cariatides d'enfants musiciens en bronze.

149 — Plat long à bords contournés en faïence de Moustiers, décor en bleu à personnages, fleurs et oiseaux.

150 — Petit plat en même faïence, décor quadrillé et ornements en ocre et vert.

151 — Tasse et soucoupe en porcelaine, décor à fleurs.

153 — Carafe à vin en cristal taillé en forme de buire, monture en argent à ceps de vigne. deversoir et bouchon à cannelures tournantes.

154 — Vase en cristal taillé, monté en bronze.

155 — Buste en marbre blanc : Faust.

156 — Médaillon en terre cuite : portrait d'un officier supérieur du Ier Empire.

157 — Sabre persan à lame courbe du Korassan, garniture damasquinée d'or, fourreau en maroquin.

158 — Douze vitraux pour salle à manger.

OBJETS DE VITRINE

159 — Neuf couverts anciens en argent ornés d'armoiries gravées.

160 — Miniature ronde : Portrait de fillette tenant une corbeille de fleurs, cadre doré.

161 — Miniature ovale : Portrait d'un officier, cadre en thuya.

162 — Grande miniature rectangulaire sur ivoire : La lettre à l'absent.

163 — Bonbonnière en écaille blonde incrustée d'or et une bonbonnière en bois noir et écaille brune.

164 — Petite boite ronde en ivoire ornée sur le couvercle d'un sujet découpé.

165 — Parure en ivoire sculpté composé de : un bracelet, une broche et deux boutons d'oreilles montés en argent.

166 — Petite boite en noix de coco sculptée à figure accroupie et pomme de parapluie en même matière à sujet de bataille.

167 — Deux petites perles fines.

168 — Miniature portrait de femme en robe de velours noir, tenant une lettre à la main, signée FINOT.

169 — Cartel en marqueterie de bois garni de bronzes. Epoque Louis XV.

170 — Miniature sur ivoire, officier du Ier Empire, cadre en thuya, entourage bronze doré.

171 — Miniature sur ivoire : Portrait de petite fille, cadre Empire.

172 — Miniature, dessin au crayon et sépia : Portrait de jeune femme du Ier Empire, représentée de profil, signée B. GATTE. Dans un écrin de cuir rouge.

173 — Miniature rectangulaire : Portrait de jeune femme Ier Empire portant une lettre.

174 — Miniature ovale : Portrait de jeune femme décolletée en robe blanche.

175 — Deux miniatures : Portraits de femme du Ier Empire.

176 — Eventail en ivoire avec feuille en application point à l'aiguille.

TABLEAUX, GRAVURES

177 — BENASSIT. *Cavaliers passant un gué, sous bois.*

178 — BENNER (E.). *Roses dans un vase.*

179 — BOILLY (Attribué à). *Portrait de femme en costume blanc.*

180 — *Portrait de femme en costume rose.*

181 — BOILLY (Genre de). *Portrait de femme vêtue d'une robe blanche.*

182 — CALLOT (Georges). *Portrait de jeune fille.* Pastel.

183 — CORNILLET. *Etude prise à Bougival.*

184 — DUCHAND (Léonce). *Fuyards écossais.*

185 — DUVIEUX. *Vue du Bosphore.*

186 — ESBRAT (R.) *La Maison Rustique.*

187 — F. G. *Portrait de femme en costume du* XVIe *Siècle.*

188 — GÉRICAULT (D'après.) *Le Radeau de la Méduse.*

189 — GREUZE (Ecole de.) *Têtes de jeunes filles.* Deux pendants ; l'un des cadres est en bois sculpté.

190 — HAWKINS. *La Barrière.* Etude.

191 — JANSSENS. *Réunion de dames et de Seigneurs dans l'atelier d'un artiste.*

192 — LA ROCQUE. *Chiens de chasse.* Deux pendants.

193 — LENFANT DE METZ. *François Ier et sa Cour se promenant dans un parc.*

194 — LEPRINCE (XAVIER.) *Portrait de femme assise sur une chaise.*

195 — LÉVY (EMILE). *Jeune glaneuse.* Dessin.

196 — PALIZZI. *Le Retour du marché.* Dessin.

197 — ROUSSEAU (Genre de TH.). *Paysage.*

198 — VERNET (JOSEPH). *Pêcheurs fuyant l'orage.*

199 — NANTEUIL (PAUL). *Printemps.*

200 — VERHAGEN (G. VAN). *Paysage marine animé de pêcheurs dans des barques.*

201 — ÉCOLE ESPAGNOLE. *Tobie et l'Ange.*

202 — ÉCOLE FLAMANDE. *La Tour.*

203 — ECOLE FRANÇAISE. *Portrait de femme en robe de mousseline blanche, le cou orné d'une chaîne d'or, avec écharpe rouge jetée sur les épaules.*

204 — ÉCOLE FRANÇAISE. *Portrait de femme Ier Empire, vêtue d'une robe blanche avec bouquet de fleurs au corsage.*

205 — ÉCOLE FRANÇAISE. *Portrait de jeune femme en chemisette blanche, les épaules recouvertes d'un manteau noir.* Forme ovale.

206 — ÉCOLE FRANÇAISE. *Portrait de jeune femme assise au pied d'un arbre, et vêtue d'une robe blanche avec écharpe rouge, le cou orné d'un collier de corail.*

207 — ÉCOLE FRANÇAISE. *Portrait de dame en robe verte Ier Empire, le cou et le bras droit ornés de perles fines, la tête couverte d'un voile de dentelle.*

208 — ÉCOLE FRANÇAISE. *Portrait de jeune fille en chemisette blanche décolletée Ier Empire.* Forme ovale.

209 — ÉCOLE FRANÇAISE. *Portrait du roi de Rome en costume militaire.*

210 — ÉCOLE FRANÇAISE. *Portrait de femme en robe havane à ruche blanche, parée d'un collier et de pendants d'oreilles en perles fines.*

211 — ÉCOLE FRANÇAISE. *Portrait de femme Ier Empire en robe bleue à pois blancs, le front ceint d'un ruban bleu.* Dessin rehaussé d'aquarelle, cadre en acajou.

212 — ÉCOLE FRANÇAISE. *Paysage avec berger et troupeau au bord d'une rivière.*

213 — ÉCOLE FRANÇAISE. *Paysage, vue d'un château.*

214 — ÉCOLE FRANÇAISE. *Portrait de femme en costume bleu.* Pastel.

215 — ÉCOLE FRANÇAISE. *En visite.*

216 — ÉCOLE MODERNE. Nature morte : Casque, pistolet et pulvérin.

217 — ÉCOLE MODERNE. *Parisienne.* Dessin à la plume.

218 — ÉCOLE MODERNE. *Portraits de femmes.* Trois toiles peintes.

219 — Trois natures mortes.

220 — *Payse.*

221 — Gravure en couleur : *Portrait de l'impératrice Joséphine.*

222 — Gravure en couleur : *Jeunes femmes consultant les cartes.*

223 — Gravure en couleur : *Napoléon Ier, Empereur des Français.*

224 — Gravure en couleur : *Portrait de l'Impératrice Marie-Louise.*

225 — Gravure d'après WEISZ : *Le Lion amoureux.*

226 — Gravure d'après CLAIRIN : *Pierrette*, épreuve avant la lettre.

227 — Gravure ancienne : *Vue de Flandres.*

228 — Deux gravures anciennes : *Portraits de Turenne et du prince de Condé.*

229 — Gravure d'après CREUZE : *l'Oiseau mort.*

230 — Gravure d'après REMBRANDT : *La Famille du menuisier.*

231 — Gravure d'après VAN DYCK : *Agar renvoyée par Abraham.*

232 — Gravure : *Suzanne et les Vieillards.*

233 — Gravure : *La Biche blessée.*

234 — Deux gravures d'après Téniers : *Fêtes flamandes.*

235 — Deux gravures d'après Madame Le Brun.

236 — Quatre gravures d'après l'Albane : sujets mythologiques.

237 — Deux gravures : *Le Maître d'école et Marie-Stuart.*

TAPISSERIE

Tapis — Tentures

238 — Panneau en ancienne tapisserie des Flandres dite verdure.

239 — Tapis d'Aubusson, fond vert, dessin à rosaces, rinceaux et corbeilles fleuries. Epoque Ier Empire.

240 — Deux paires de rideaux en soie groseille, bordure vieil or à rosaces et rinceaux. Epoque Ier Empire (avec leurs embrases assorties).

241 — Paire de rideaux en soie crème, bordure en soie rose, dessin vieil or. à rosaces et rinceaux.

242 — Dessus de piano en lampas de soie vert, dessin ton sur ton à fleurs et couronnes.

243 — Beau tapis de Smyrne fond rouge, bordure polychrome offrant au centre un losange orné de rosaces, fleurs et feuillages sur fond crème.

244 — Cinq décors de fenêtres et portières composés de dix rideaux en soie armurée gris perle ornés de bandes en velours de Gênes à guirlandes de fleurs et feuillages avec leurs baldaquins en peluche de soie rouge, passementeries de soie, embrasses et cordelières assorties.

245 — Tablette de cheminée et deux cadres recouverts de soie groseille, ornés de bandes dessin vieil or à rosaces et palmes.

246 — Deux cordons de sonnettes, poignées en bronze ciselé et doré. Epoque Ier Empire.

247 — Petit coussin en soie, dessin vieil or. Epoque Ier Empire.

248 — Paire de rideaux japonais en soie brodée sur fond crème.

249 — Deux rideaux et une cantonnière en étoffe rouge et applications.

250 — Carpette orientale à dessin polychrome.

251 — Tapis d'Orient, dessin polychrome.

252 — Objets omis.

www.ingramcontent.com/pod-product-compliance
Ingram Content Group UK Ltd.
Pitfield, Milton Keynes, MK11 3LW, UK
UKHW021044180726
13838UKWH00004B/1997